[illegible]

LA PAYSANNE PARVENUE,

OU

LES MEMOIRES

DE

Madame la Marquise de L. V.

Par M. LE CHEVALIER DE M.

SEPTIÉME PARTIE.

A LA HAYE,
Chez JEAN NEAULME,
M. DCC. XXXVI.

LA PAYSANNE PARVENUE.

SEPTIE'ME PARTIE.

JE trouvai un cabinet vitré, qui étoit à côté de ma chambre ; il étoit meublé, comme l'apartement, d'un damas cramoisi, avec une lisiere d'or à petite frange : une douzaine de tableaux placés avec simétrie entre plusieurs glaces, représentans des jeux d'enfans, avec les plus jolis païsages, rendoient ce lieu très-agréable ; mais, ce qui me prévint le plus, fut une Bibliotheque placée dans le fond, remplie de tous les livres de Musique les plus modernes.

Ma toilette étoit placée dans la garde-robe dont j'ai parlé, elle étoit relevée de toutes les choses qui servent à l'ajustement d'une femme : les quarrés étoient remplis de brasselets, de gants, & de toutes les prétintailles modernes, le tout d'un goût & d'un choix délicat. Quelque desir que j'eusse de faire un plus long examen, je ne vis qu'en passant toutes ces jolies choses; je craignois trop d'être interrompuë, & de n'avoir pas tout le tems qu'il me falloit pour achever ma revûë.

Je ne fus pas peu surprise, lorsque j'ouvris les armoires, de la quantité de linge & d'effets qui s'offrit à ma vûë ; ce qui étoit à mon usage, me parut d'une beauté & d'une finesse extrême ; dans un endroit séparé je trouvai une quantité raisonnable de vaisselle d'argent, dont j'avoüerai que la vûë me fit un plaiſir extrême.

La ſeconde armoire ſervoit d'une eſpece de buffet, & renfermoit une vaiſſelle de fayance ſi fine, que je la crus d'abord du Japon; les ſéparations contenoient toutes les choſes néceſſaires à la table.

Après avoir parcouru toutes ces choſes, je repaſſai dans ma chambre; je fus curieuſe de ſçavoir ce que renfermoit une grande commode revêtuë de marbre, qui n'étoit pas un des moindres ornemens de mon apartement; pluſieurs pieces d'étoffe, deſtinées à faire des robes de toutes les ſaiſons, rempliſſoient le premier tiroir; l'on avoit tout prévû, & l'on étoit deſcendu juſques dans le détail des moindres choſes: cet examen paroîtra ſans doute ennuïeux; mais, il eſt neceſſaire pour faire connoître à fond le caractere de mon nouvel Amant; l'amour-propre y trouve peut-être ſon compte, c'eſt ce que je paſſe legere-

 ment;

ment ; de pareils ſoins ſont bien flatteurs, & bien ſéduiſans pour une jeune perſonne : je manquerois de ſincerité, ſi je ne convenois pas que j'y fus extrémement ſenſible ; ce qui augmenta dans les ſuites, lorſque l'experience me fit connoître que ces preſens ne m'avoient pas été faits dans aucune vûë ſuſpecte ni dangereuſe.

Cependant, le peu de repos que j'avois pris les nuits précedentes, m'avoit fatiguée à un point, que, quelqu'envie que j'euſſe de continuer mon examen, je ne pus aller plus loin : le ſommeil commençoit à s'emparer de mes yeux, & m'accabloit ſi fort, que je fus obligée d'aller me jetter dans mon lit ; là, mon ame ſatisfaite, & ſans inquiétude des événemens, n'offrit à mon eſprit que des images gracieuſes, & me laiſſa goûter un repos ſi tranquille, que je ne me réveillai que bien avant dans le jour.

Le ſoleil étoit prêt à ſe coucher,

cher, lorſque le bruit des caroſſes me fit enfin ſortir de mon lit; je me ſouvins alors, que je m'étois enfermée en dedans, & je fus ouvrir mes verroüils: à peine eus-je touché à la porte, que ma femme de chambre parut. Vous êtes bien peureuſe, Madame, me dit-elle, en me regardant d'un air patelin; vous vous barricadez en plein jour; je me ſuis déja preſentée pluſieurs fois, pour ſçavoir ſi vous n'aviés pas beſoin de moi; la crainte de troubler votre repos m'a fait attendre juſqu'à preſent. Je répondis aſſez froidement à ce diſcours. La phiſionomie de cette fille ne me revenoit pas; l'on n'eſt pas la maîtreſſe des mouvemens de l'antipathie; & je me ſouviens, que n'étant encore qu'enfant, j'étois agitée de pareilles préventions, & elles ſont cependant ſouvent bien injuſtes; l'on doit s'arrêter à ces manies le moins que l'on peut; bien des gens ſont aſſez malheureux pour n'avoir point cet air qui annonce & qui flatte, dont le caractere & le fond valent souvent beaucoup mieux que le commerce de ceux qu'un faux coup d'œil a formé. L'on éprouve tous les jours la solidité de cette Réflexion sans se corriger cependant de ce défaut.

La Brochan ayant ouvert mes fenêtres, je fus y prendre l'air; il faisoit le plus beau tems du monde, chacun alloit à la promenade; je n'étois pas accoutumée à voir un si grand monde; la diversité de tout ce qui passoit devant mes yeux me dissipoit agréablement; j'étois enchantée de la propreté & du goût dont les femmes étoient mises; je les examinois avec l'attention la plus exacte, & celles qui me plaisoient étoient suivies de mes yeux, jusqu'à ce qu'une distance éloignée les eût dérobées à la foiblesse de mes regards. Cette occupation m'attachoit

choit tellement, que nulle autre pensée n'agitoit mon esprit.

Il faut que les femmes conviennent avec moi, que le penchant le plus fort que nous aïons, c'est celui de nous examiner ; cela ne se fait gueres sans que la jalousie ou l'envie y entrent pour quelque chose ; nous nous rendons justice difficilement ; cette mauvaise habitude semble être attachée à notre espece. Quelque revenuë que je sois aujourd'hui de la bagatelle, j'avoüe avec ingenuité, que je me sens encore quelquefois susceptible de ces basses impressions ; je commence cependant un peu à m'en corriger ; mais, dans bien des occasions, le préjugé de l'habitude est plus fort que celui de la raison.

Pendant que j'étois occupée avec une attention surprenante à examiner les allans & les venans, je me sentis embrasser vivement, sans pouvoir démêler qui prenoit cette liberté ; le rouge me monta au viſage, & je me retournai précipitamment, en faiſant un effort pour me débaraſſer de deux mains qui m'avoient ſaiſie ſans que je m'y attendiſſe. Il ne ſeroit pas aiſé de vous ſurprendre, me dit en riant Madame de Geneval, vous êtes trop ſur vos gardes, & forte comme vous me paroiſſés, l'on n'auroit pas beau jeu avec vous. Je lui demandai pardon en ſouriant de la maniere bruſque dont je m'étois défait d'elle; je reçois votre excuſe pour cette fois, reprit-elle en badinant, je ne ferai pas ſi indulgente une autre fois; encore ne vous fais-je grace qu'à condition que vous nous ferés l'honneur de ſouper ce ſoir avec nous. Cette priere fut faite avec tant de grace, que j'acceptai l'offre, & enſuite nous nous plaçâmes à la fenêtre, & nous nous mîmes à contrôler les paſſans.

Madame de Geneval avoit un talent particulier pour ce dangereux

reux plaiſir : ajuſtement, figure, phiſionomie, rien ne lui échapoit; les femmes trouvoient rarement grace devant elle; pour celles qui étoient aimables, elles eſſuyoient les traits les plus mordicans; l'on étoit un peu plus indulgente pour les hommes, c'eſt-à-dire envers ceux qui ſortoient du médiocre, car pour les autres, ils n'étoient nullement ménagés.

Que dites-vous, me dit Madame de Geneval, de cette femme qui vient à nous avec cette démarche pimpante & ce faux air de beauté, qui prétendent ſéduire? Ne vous y trompés pas, cette blancheur, dont elle ſemble parée, prend ſon origine dans les ſecrets de la toilette, & cette maniere de marcher dans une perpetuelle étude de ſon miroir; malgré ces airs affectez, il n'eſt rien de plus commun, & vous en conviendriés, ſi vous la voyiés de près; je parie, continua la ontrolleu-

 ſe,

ſe, que vous ne vous défiés pas qu'une tête ſi bien maronnée ne ſoit pas naturelle; cette femme eſt chauve cependant, & eſt obligée de recourir à l'artifice, pour ſuppléer à la ſterilité de ſes cheveux; avoüés encore, qu'à la maniere dont elle eſt miſe, & dont elle ſe fait ſuivre, vous la prendriés tout au moins pour la femme d'un Commis; point du tout, ſon mari eſt Cuiſinier de M. le Prince de..... quoique fille de Fruitiere, ſa vanité lui avoit fait tenter de plaire à ſon Intendant; mais, elle a été trop heureuſe encore de ſe contenter du Chef de Cuiſine, qui doit ferrer la mule ſans doute à toute outrance, pour ſoutenir l'état dont elle ſe pare. Cependant, pour prix des bontés d'un mari trop indulgent, elle le fait enrager; il ſe meurt, dit-on, de chagrin de la ſotiſe qu'il a fait; mais, regrets inutiles, elle va toujours ſon train; on aſſure qu'il eſt

eſt... Mais, examinés, je vous prie, cette autre femme, qui ſort de cette grande porte cochere; de la maniere dont elle ſe tient, & de l'air dont elle ſe met, lui donneriés-vous plus de vingt-cinq ans? elle en a cependant cinquante bien comptés; pour ôter cette idée à ceux qui ne la connoiſſent pas, elle leur dira avec une naïveté affectée, que le brun qu'elle porte ordinairement eſt ſa couleur favorite, & qu'il eſt de tout âge; le plaiſant de l'affaire c'eſt qu'elle ne peut ſe réſoudre de répondre à la paſſion d'un homme qui la recherche depuis long-tems, parce qu'elle craint, dit-elle, de mourir en couche: en prononçant ces mots, Madame de Geneval ſe mit à éclater de rire, & le fit de ſi bon cœur, que ſans en comprendre le ſujet, je ne pus m'empêcher d'en faire autant.

Il y avoit près d'une heure, que nous nous amuſions de cette maniere, lorſqu'un bruit éclatant & général de tambour qui ſe fit, auſſi-bien qu'un certain mouvement dans la ruë, m'en fit demander la cauſe. C'eſt le Roi qui revient ſans doute de la chaſſe, me dit Madame de Geneval, nous allons le voir paſſer devant nous; je me ſentis émuë juſqu'au fond de l'ame: à cette nouvelle, mon idée ſe frappa dans cet inſtant de celui qui avoit offert ce Prince à mes yeux, & des ſuites que ſa preſence m'avoit occaſionné : quoique je fuſſe alors dans un âge plus raiſonnable, & que la curioſité que j'avois eu de voir ce Monarque eût été ſatisfaite; ce même deſir, ce même empreſſement, s'empara de mon ame; je diſſimulai ces mouvemens; & la vanité, qui nous fait toujours imaginer que notre diſcernement croît avec l'âge, me perſuada que je n'avois beſoin alors d'aucun ſecours pour démêler le Roi d'avec ſa Cour: dans cette confiance, mes yeux se fixerent du côté que son retour m'avoit été annoncé; & toute entiere à ce dessein, je ne fis plus que très-peu d'attention à la critique de Madame de Geneval, qui continuoit à s'exercer avec la même charité sur les passans.

Mon impatience ne tarda pas long-tems à être satisfaite; la chasse revenoit, & la Cour marchoit doucement contre son ordinaire; il faisoit encore jour; je me flattois que l'occasion étoit la plus favorable pour discerner le Roi avec toute l'attention dont j'avois été préoccupée; cependant, j'étois la dupe de la fausse honte que j'avois, de ne point me faire montrer ce Prince, confondu comme il étoit avec les Seig^rs de sa Cour: sans un heureux hazard, qui fit que Sa Majesté laissa tomber quelque chose de sa main, il seroit passé sans que je le connusse; mais, il se fit un mouvement si vif pour ramasser son gant, que je lui vis rendre, que j'eus j'eus enfin toute la ſatisfaction que je m'étois propoſée.

J'étois ſi remplie de l'admiration que me cauſoit la vûë de ce charmant Prince, que je faiſois remarquer à Madame de Generval toutes ſes qualités ; mais, à peine répondoit-elle à ce que je lui diſois à ce ſujet : ſes regards étoient fixés ſur un Seigneur dont elle paroiſſoit charmée, & étoit auſſi ardente à me faire remarquer la maniere dont il étoit fait, que je l'étois à lui parler du Monarque ; mais ce qui étoit de plaiſant, c'eſt que nous applaudiſſions mutuellement à ce que nous nous diſions, dans la confiance où nous étions l'une & l'autre que la converſation rouloit ſur l'idée qui y avoit donné lieu.

Sur ces entrefaites, la Cour ſe trouva près de nos fenêtres ; j'avois un tel plaiſir à la contempler, que j'oubliai que j'étois en petite cornette de nuit, & dans un deſhabilhabillé leger & fort uni. Madame de Geneval étoit parée; &, soit malice, ou manque d'attention, elle n'eut pas la charité de m'en avertir; ce qui fut cause que je ne me retirai point à la vûë de tous ces hommes curieux; car, ma petite vanité ne se seroit point accommodée de la négligence de mon ajustement. J'ai dit ailleurs, que j'étois susceptible sur cet article; & j'avoüerai de bonne-foi, que je ne m'en suis pas encore corrigée.

Mon Dieu, me dit Madame de Geneval d'un air misterieux, mais contente de sa petite personne, que tous ces hommes sont fols; quoi, ne peut-on pas se mettre à une fenêtre, sans qu'ils vous passent en revûë? Voyés, Madame, je vous prie, comme ils nous regardent? En effet, il n'y en avoit pas un seul qui ne levât en passant la tête de notre côté. Vraiment, repris-je, vous me faites ob-

obſerver une choſe qui ne me ſurprendroit pas tant ſi nous étions les ſeules ; mais, il me ſemble que la Cour n'ait des yeux que pour nous. Oh! repliqua Madame de Geneval, ce n'eſt pas ce que vous me dites qui m'étonne ; je ſuis ſi connuë, ſi connuë, ma belle Dame, que vous ne devés point être ſurpriſe de l'attention qu'on marque ici : ſçavés-vous bien que le Roi me fait l'honneur de me regarder tous les jours ; ne croyés pas, cependant, continua la Propriétaire en prenant un air modeſte, que je donne à cette faveur des cauſes trop flatteuſes ; mon mari eſt toujours à la Cour, il n'y eſt pas mal, & il n'eſt pas extraordinaire qu'on m'y veuille auſſi un peu de bien. Ne vous l'ai-je pas dit, ajoûta Madame de Geneval en ſe levant, ne voilà-t-il pas le Roi qui porte ici les yeux ? Il me remet ſûrement.... Mon Dieu, Madame, retirons-nous, ajouta-t-elle,

je

je ne puis ſoutenir ſes regards.

Un Seigneur, qui ſe trouva tout près de la fenêtre, me montra du chapeau à ceux qui étoient à côté de lui; Avoüés, Meſſieurs, leur dit-il, que cette jeune Dame eſt charmante, & que le négligé où vous la voyés eſt préférable à toutes les parures. Ces mots ne furent pas plûtôt proferés, que tous ceux qui les entendirent me fixerent avec une nouvelle attention, & nous ſaluoient à meſure qu'ils paſſoient: le Roi, qui ſe trouva dans ce moment vis-à-vis de nous, leva une ſeconde fois les yeux, & nous ôta ſon chapeau: le rouge me monta au viſage; mais, croyant que je devois répondre à l'honneur qu'il nous faiſoit, je lui fis une très-grande reverence. Eh! mon Dieu, que faites-vous, Madame, s'écria la Geneval aſſés haut pour qu'elle fût entenduë: l'on ne ſaluë point le Roi; vous allés nous faire prendre pour

des

des Provinciales. Le Roi & toute la Cour ſe mirent à rire: je ne ſçais ſi ce fut la maniere dont ces paroles furent prononcées, ou mon ingénuité, qui en fut la cauſe; ce que je puis aſſurer, c'eſt que je fus ſi troublée du reproche de la Propriétaire, que j'en reſtai toute interdite: je ſerois demeurée plus long-tems dans cet état, ſans Madame de Geneval, qui, pour me donner bonne opinion d'elle, & me prouver la connoiſſance qu'elle avoit de la Cour, me dit l'hiſtoire & les noms d'une partie de ceux qui ſuivoient le Roi; remarques, auxquelles je ne fis qu'une legere attention, un peu piquée de la petite mortification que je m'imaginois qu'elle venoit de me faire eſſuyer.

La Propriétaire, qui s'imagina que mon ſilence étoit un effet de l'attention & du plaiſir que je goûtois dans ſon entretien, le continua pendant quelque tems, &

renouvella ſa critique ſur les paſſans : puis, s'interrompant tout d'un coup, elle me propoſa de deſcendre chez elle, l'heure s'approchant, diſoit-elle, de ſouper; je repris qu'il falloit du moins qu'elle me permît de me coëffer, puiſqu'elle ne vouloit point que je m'habillaſſe : Oh! pour cela non, continua-t-elle, vous êtes jolie comme un cœur dans vos petites coëffures, vous avés entendu que je ne ſuis pas la ſeule de mon ſentiment; nous aurons aſſez le tems de vous voir ajuſtée; pour aujourd'hui, que nous vous poſſedions, s'il vous plait, dans vos graces naturelles. Je répondis à ce compliment avec politeſſe, & je lui dis à ce ſujet quelque choſe de flatteur ſur ſa beauté ; cela lui fut extrémement ſenſible, c'étoit la prendre par ſon foible. On a bien raiſon de dire, s'écria-t-elle en me demandant la permiſſion de m'embraſſer, que les femmes de qua-

qualité ſe diſtinguent & ſe connoiſſent par leurs belles façons : auſſi, j'ai toujours aimé à les voir ; l'on ne peut que gagner beaucoup dans leur commerce.

Que le préjugé eſt admirable ! Tant que cette perſonne me crut la Comteſſe des Roches, elle parla ſur ce ton ; mais, dès qu'elle ſçut le contraire, elle dit à une perſonne qui me l'a raporté depuis, qu'elle s'étoit toujours doutée de la ſuppoſition ; que j'avois eu beau faire, & que malgré mon adreſſe, elle avoit ſouvent remarqué des choſes qui ne donnoient pas lieu de douter de mon origine. Voilà l'effet ordinaire de la prévention.

Quelqu'inſtance qui me fût faite pour deſcendre dans mon deſhabillé, je n'aurois jamais pû me réſoudre à y conſentir, ſans Monſieur de Geneval, qui ſurvint au moment que je m'en deffendois ; il ſe préſenta aſſés cavalierement, & me fit ſon compliment de bonne ne grace; je lui trouvai l'air Petit-Maître, le ton badin; mais un peu trop familier: il étoit Chef d'Office de Monſieur le Prince de. .... ; & il ſe perſuadoit, que cette qualité devoit le faire marcher de pair avec tout le monde: ſa figure étoit jolie; il étoit grand & bien fait, ſe mettoit à quatre épingles, & paroiſſoit très-content de ſa perſonne; ſon eſprit étoit *uſagé*, & orné de ſaillies ſi heureuſes, qu'il étoit impoſſible de s'ennuyer dans ſa compagnie; ce qui faiſoit qu'il étoit déſiré partout. Les mauvais endroits ſe communiquent plûtôt que les bons; ſa femme avoit attrapé dans le commerce de ſon mary, les qualitez critiques; le coup de langue étoit ordinaire à Madame de Geneval; mais, il avoit cela de propre, qu'il le donnoit ſi adroitement, qu'il brodoit une perſonne en face, ſans qu'elle s'en apperçût, & ajoutoit à cet art celui de le faire

faire connoître si finement à ceux qui étoient présens, qu'on ne pouvoit s'y méprendre : qu'on juge avec un tel talent, s'il réüssissoit dans un siécle où le sel satyrique est si fort en vogue, qu'on passe pour être du vieux tems, lorsqu'on se pique de charité pour son prochain.

L'on servit un souper très-propre, & fort bien entendu. M. Geneval réüssit on ne peut pas mieux à en faire les honneurs ; nous étions cinq à table, sans compter un enfant de sept ans de la Propriétaire, élevé avec si peu de soin, qu'il se saisissoit de tout ce qui paroissoit dans les plats avec ses mains, gâtoit la nape, & salissoit les habits de ceux qui avoient le malheur de se trouver ses voisins, sans qu'il fût permis au pere de le trouver mauvais. Comme il étoit fort joli, & que, pour flatter la mere, on lui disoit qu'il lui ressembloit, ce dont elle étoit aisément persuadée, & lui souffroit, en cette faveur, tous ses defauts, & le gâtoit à un point, que lorsqu'on le menaçoit, il étoit toujours tout prêt à jetter à la tête ce qui se trouvoit sous ses mains.

Une parente de Monsieur de Geneval, âgée d'environ cinquante ans, étoit la troisiéme des femmes: son humeur paroissoit gaye & enjoüée; elle nous amusa d'un nombre de très-jolis mots, débités avec tant d'esprit, qu'on oublioit en cette faveur son âge. Tous les côtés ne se ressemblent pas; sa marotte étoit de prétendre que dans sa jeunesse elle avoit brillé d'une beauté sans égale; elle vous contoit à ce sujet que des Princes & des Seigneurs avoient fait mille folies pour lui plaire; lorsqu'elle entroit dans ce détail, elle ne finissoit point; &, si par malice, comme cela arrivoit quelquefois, on étoit assez hardi de la contrarier, la scene changeoit dans l'instant, de prévenante & de de polie qu'elle étoit, elle s'abaiſſoit àux groſſiéretés les plus baſſes.

Un Officier de chez le Roi, âgé de trente ans, faiſoit l'oppoſé de la parente dont je viens de parler: ſa phiſionomie étoit taciturne, ſombre, & dédaigneuſe; il n'avoit jamais rien approuvé dans ſa vie, & l'on étoit aſſuré, avant que l'on parlât, qu'il étoit d'un ſentiment contraire à ce qui ſe diroit; le *mais* étoit ſa tranſition favorite, & le *non* ſon mot cheri & familier.

Non obſtant ces differences de caractere, je ne fus pas long-tems ſans m'appercevoir, qu'ils s'étoient tous réünis pour me faire parler, afin de tirer ſans doute des conjectures ſur ce qui me regardoit; mais, Monſieur de Saint-Fal, qui étoit prévoyant, m'avoit donné ma leçon par écrit: mon Hiſtoire étoit conçûë, digerée, & appriſe par cœur; je me tirai très-bien de toutes

tes les tentatives que l'on fit à ce ſujet; mais encore mieux par ma façon conciſe de répondre. Le grand talent,pour mettre la curioſité en défaut, eſt de peu parler. On ne riſque jamais rien, en tenant cette conduite prudente, au lieu que la volubilité de langue entraîne après elle le défaut de mémoire, & l'inconvenient de ſe couper: ſituation délicate, dans laquelle on ne doit jamais ſe mettre, lorſqu'on a des raiſons pour ne pas ſe faire connoître.

Il y avoit peu de tems que l'on étoit au deſſert, lorſqu'un laquais vint parler à l'oreille de Madame de Geneval: cette Dame ſe tourna vers moi, & me dit en ſe penchant de mon côté, qu'un Seigneur étoit à la porte qui me demandoit: dans la confiance où je fus que c'étoit le Comte de S. Fal qui venoit m'apprendre des nouvelles, j'ordonnai au laquais de le faire monter dans mon apartement, & je me mis en devoir de le prévenir. Le laquais, qui m'entendit nommer ce Seigneur, me dit que celui qui étoit à la porte n'étoit pas Monſieur de Saint-Fal ; mais, qu'il jugeoit à la livrée qui le ſuivoit, que c'étoit le Duc de .... Je parus embarraſſée à ce nom. Monſieur de Geneval, qui s'en apperçut, me demanda ſi j'avois des raiſons pour ne pas recevoir ſa viſite; qu'en ce cas, il étoit facile de m'en diſpenſer, en faiſant dire que je ne ſoupois pas chez moi: je n'en ai pas d'autres, repris-je, ſi-non que je n'ai pas l'honneur de le connoître, & que je ne puis imaginer ce qu'il me veut. Madame de Geneval à ce diſcours ſe leva, me dit que je n'avois qu'à me tranquilliſer, & m'aſſura qu'elle alloit parler elle-même au Duc, ajoutant qu'elle ſoupçonnoit à peu près le but de ſa viſite: en proferant ces mots, elle deſcendit, en me donnant

nant un coup d'œil misterieux, auquel je ne pus rien comprendre.

Je m'attendois à tous momens de voir rentrer cette Dame; je ne pouvois imaginer ce qui pouvoit la retenir si long-tems; la frayeur que j'avois eu du pere du Marquis, me le representoit dans toutes les occasions d'inquiétude.

Monsieur de Geneval, qui s'apperçut que je rêvois, chercha à me distraire, en voulant me mettre de part dans la gaïeté de la compagnie: je fus obligée par complaisance de feindre que je m'en amusois. Il est bien difficile de se prêter au plaisir, lorsque l'ame est agitée, & qu'elle n'est pas dans une assiette tranquille.

Madame de Geneval rentra au bout d'une demie heure, en continuant à rire de tout son cœur. Ne vous l'avois-je pas dit tantôt, s'écria-t-elle en m'adressant la parole, que nous avions été examinées de près à nos fenêtres? Nos

 char-

charmes, ſans vanité, font du bruit dans le monde. Qui en doute, reprit le mari de cette femme: je parie que toute la Cour envie le bonheur que j'ai de poſſeder une auſſi jolie poulette que Madame de Geneval. Tu n'as que faire de badiner, continua-t-elle, prête à ſe fâcher du ton dont ces mots avoient été prononcés. Je pourrois donner des preuves qui exiſtent de ce que tu viens de me dire; mais, il n'en eſt pas queſtion pour le preſent: ce qui eſt de poſitif, c'eſt qu'un fort aimable Cavalier vient de me dire mille douceurs: il eſt vrai, que je n'en ai pas été tout-à-fait la dupe, & Madame la Comteſſe, continua la Geneval en me montrant malignement, pourroit à bien plus juſte titre ſe prévaloir de toutes les galanteries dont on m'a regalée. Moi, Madame, interrompis-je avec un grand ſérieux! Pourquoi ſeroit-il queſtion de moi?

J'arri-

J'arrive du fond d'une Province : l'on ne me connoît pas .... Ah ! ce n'eſt pas-là une raiſon, reprit vivement Geneval, il y en a mille, pour qu'on vous adore : je ne pus m'empêcher de ſourire de la maniere dont ce diſcours me fut adreſſé. La Geneval, qui le trouva peut-être trop fort, & qui, comme bien d'autres femmes, ſe formaliſa de ce qu'on en loüoit une autre devant elle, ou peut-être dont le fond de l'humeur étoit jalouſe, corrigea le tranſport de ſon mari, en diſant, que quand même je ne ſerois pas auſſi aimable, que la nouveauté étoit d'un prix ineſtimable dans le païs que nous habitions ; qu'il étoit vrai cependant, qu'elle avoit beſoin d'être ſoutenuë par un fond de caractere plus durable que la beauté ; que l'on couroit pour un tems après la mode ; mais, que dès qu'elle étoit paſſée, on la rejettoit auſſi aiſément qu'on avoit eu

 de

de vivacité à la ſuivre. L'Officier de chez le Roi contraria ce principe; & prétendit, que ce qui étoit aimable l'étoit toujours. Madame de Geneval, qui avoit ſes raiſons pour ſoutenir ce qu'elle avançoit, appuïa ſon opinion d'un exemple recent. Vous avés tous vû, continua-t-elle, en adreſſant la parole à la parente de ſon mari, cette Lyonnoiſe qui a tant fait de bruit il y a deux ans à Paris; elle étoit d'une blancheur éblouïſſante, avoit de beaux traits, la taille & le port aſſés noble; cependant, avec tout cela, je ne lui trouvai rien d'extraordinaire; à peine parut-elle en public, que tout le monde la courut. Je me trouvai aux Thuilleries un jour que cette Lyonnoiſe s'y promenoit; la quantité de gens qui fourmilloient dans la grande allée, m'en fit demander la cauſe à quelqu'un qui en revenoit: Eh! mon Dieu, me dit-on avec un air de ſur-

ſurpriſe, de quel païs venés-vous donc, Madame, pour ignorer que la belle Lyonnoiſe eſt à Paris, & qu'elle ſe promene aux Thuilleries? Je hauſſai les épaules de la ſottiſe de cette réponſe, & je voulus voir par mes yeux ſur quoi elle étoit fondée : je perçai la foule, & je vis enfin cette perſonne tant vantée. Soit prévention, ſoit qu'elle ne fût pas auſſi admirable qu'on la diſoit, elle ne me revint point. Je plaignis en moi-même l'aveuglement public, qui accorde ſi ſouvent ſes ſuffrages à des choſes, qui, examinées de près, à peine ſont ſuportables : il eſt vrai, qu'il revient tôt ou tard; & c'eſt ce qui ne manqua pas d'arriver au ſujet de la Lyonnoiſe.

Je fus quelques ſemaines après aux Thuilleries : j'y rencontrai cette femme; mais, à peine la remarquoit-on; le goût étoit paſſé; elle étoit cependant toujours la même; &, malgré l'inconſtance de la vogue, je la trouvai beaucoup mieux ce jour, que la premiere fois.

La Lyonnoiſe, piquée ſans doute de l'injuſtice qu'on lui faiſoit à Paris, vint ſe montrer à la Cour: ſes charmes y ont eu la vogue, mais y ont eſſuyé le même ſort; elle diſparut tout d'un coup: l'on m'a aſſuré depuis, qu'elle étoit allée en Angleterre, pour chercher de nouveaux admirateurs.

Il ne me fut pas difficile de comprendre, que l'Hiſtoire de Madame de Geneval n'étoit pas contée ſans malice, & ſans une intention ſecrete d'en indiquer l'application: je conclus en ce moment dans mon petit moi-même, que ſon caractere & le mien ne ſimpatiſeroient pas long-tems.

Nous remîmes ſur le tapis la viſite du Duc, que les Réflexions de Madame de Geneval avoient interrompue: elle nous dit, que tout ce qu'elle avoit pû concevoir

voir par le diſcours de ce Seigneur, c'eſt que la vûë d'une jeune perſonne qui s'étoit offerte à ſes yeux, lorſqu'il revenoit de la chaſſe, l'avoit ſi fort touché, qu'il venoit s'informer qui elle étoit, & lui offrir ſes ſervices, en cas qu'elle vint ſolliciter des graces à la Cour. Madame de Geneval ajouta, que toutes ces choſes lui avoient été dites avec tant de politeſſe, que, quoiqu'elle ſe fût préparée à répondre cavaliérement au début du Seigneur, qui ne pouvoit déſigner que moi, elle n'avoit pû s'empêcher de le faire avec égard, & de lui apprendre qui j'étois; qu'à mon nom, le Duc lui avoit aſſuré qu'il connoiſſoit beaucoup ma famille, qu'il la conſideroit, qu'il auroit l'honneur de ſe faire preſenter, & qu'une autre fois il choiſiroit mieux ſon tems.

J'ai jugé par l'embarras avec lequel le Courtiſan s'eſt retiré,

 con-

continua la Propriétaire, qu'il s'étoit imaginé sans doute, que Madame étoit une Avanturiere, & qu'il n'étoit question que d'arriver pour être parfaitement reçû : sotte prévention de la plûpart des hommes, qui croyent honorer beaucoup une femme, lorsqu'ils lui font la grace de la venir voir ; vanité le plus souvent fondée, ou sur leur figure, ou sur la confiance qu'ils ont de notre foiblesse : pour moi, qui suis faite au petit manege de ces Messieurs, poursuivit la Geneval d'un ton décisif, je les reçois cavaliérement, je badine de leurs airs importans, je m'en amuse, j'en ris, & je crois que c'est la grande façon : pas si bonne que vous le pensez, reprit malignement le mari ; sous ce prétexte d'indifference, on voit toujours ces Cavaliers à bon compte, on les écoute : leurs sottises m'amusent, me dites-vous ? Eh vraiment oui : voilà ce qu'on demande ;

de ; avoir l'entrée de certaines maiſons, eſt le ſeul avantage auquel on a droit d'aſpirer ; occuper agréablement votre tems, vous amuſer, Meſdames, en eſt un ſecond ; & parvenir au point de vous faire rire, oh ! c'eſt ce qui ravit ! Mon Dieu, interrompit Madame de Geneval, j'aurois été bien ſurpriſe, ſi vous n'euſſiés pas relevé ce que je viens de dire : cela eſt bien d'un mari, qui croit par honneur devoir contrarier ſa femme. Point du tout, reprit l'Officier de chez le Roi ; vous vous piqués, parce que vous ne l'entendés pas : il s'en faut bien que Monſieur ſoit d'un ſentiment oppoſé au vôtre : ne vous le prouve-t-il pas tous les jours ? croyés-vous, que s'il penſoit bien à ce qu'il vient de dire, qu'il vous laiſſât une liberté auſſi entiere que celle dont vous joüiſſés ? Il auroit autant valu, Monſieur, reprit Madame de Geneval, que vous euſsiés continué à garder le silence, que de le rompre, pour vous mêler si mal à propos de la conversation. L'Officier, fort peu complaisant, releva ce discours avec peu d'indulgence; & ressemblant à bien des gens, qui, lorsqu'ils se voyent installés dans une maison, s'imaginent qu'ils sont en droit de décider, se fit un malin plaisir de ne point ceder à la Propriétaire: cette femme, extrémement haute, & qui craignit sans doute de se compromettre dans cette dispute, irritée du peu de complaisance qu'on avoit pour elle, & de ce que son mari n'imposoit point silence, se tourna vers lui, & lui reprocha que, malgré ses prieres, il n'avoit aucune considération pour elle; que dorénavant elle prendroit son parti, & que dès qu'on lui ameneroit certains visages... Comme je conçus, que la conversation alloit s'échauffer par la vivacité avec laquelle l'Officier

ficier reprit ces paroles, je crus que le plus prudent étoit de me retirer: la maîtresse du logis étoit si occupée à rembarrer cet homme, aussi-bien que son mari, qu'elle ne s'apperçut point que je disparoissois. Monsieur de Geneval, plus attentif, laissa à l'Officier le soin de soutenir ou d'étouffer la querelle, & vint me donner la main, en me demandant pardon de la scene qui venoit de se passer devant moi. C'est une folle, me dit-il en me parlant de sa femme, la moindre chose la pique & lui fait ombrage; je lui passe tout à cause de sa grossesse; dès qu'elle se trouve dans cet état, elle est insuportable; il faut bien, en cette consideration, avoir un peu de complaisance. Je loüai Geneval de sa modération, en le blâmant cependant de ce qu'il souffroit que l'Officier de chez le Roi, son ami, s'amusât à impatienter Madame sa femme: il me dit à ce

sujet,

ſujet, que c'étoit un de ſes anciens amis, & que ſon caractere étoit tel qu'il n'avoit jamais cedé à perſonne, qu'il étoit connu ſur ce pied, & qu'on ne s'en formaliſoit pas : il me raporta à ce ſujet un trait aſſés plaiſant. Cet Officier étoit devenu eperdûment amoureux d'une jeune perſonne, qui lui convenoit par toutes ſortes de raiſons; il étoit prêt à l'épouſer: malheureuſement pour lui, il donna à ſouper à ſon beau-pere prétendu le jour de la ſignature du contrat; ſur la fin du repas, la converſation roula ſur les coutumes obſervées aux mariages des anciens; le pere & le gendre, qui avoient de l'eſprit & de l'érudition, ornerent l'entretien de pluſieurs traits intereſſans & de citations curieuſes; mais, le génie contrariant de l'ami de Geneval, plus fort que l'amour qu'il reſſentoit, ne fut pas long-tems ſans deſeſperer le beau-pere; il ceda pen-

pendant quelque tems, dans la confiance que sa mémoire lui manquoit; l'Officier de chez le Roi avoit plus d'érudition que lui, & le discours étant tombé sur un fait de Théologie, dont il se rappella parfaitement les points, il le soutint avec vigueur; l'Officier nia; le beau-pere entier dans son sentiment, recourut à sa bibliotheque, apporta le passage, & crut confondre son adversaire; mais, celui-ci recusa l'Auteur & l'Edition; cette contrarieté obstinée aigrit à un tel point le pere de la Demoiselle, qu'il se retira brusquement de chez l'Officier; les amis communs s'entre-mêlerent pour apporter la paix; le beau-pere futur plus raisonnable entendit à l'accommodement, à condition que son gendre prétendu conviendroit qu'il s'étoit trompé; l'ami de Geneval aima mieux tout rompre, que de condescendre à ce qu'on exigeoit de lui.

La ſingularité de ce trait m'amuſa d'autant plus que je venois de connoître par experience, que celui qui y avoit donné lieu étoit très-capable d'en fournir de ſemblables. Après quelques réflexions ſur ce ſujet, Geneval me quitta : je le fis éclairer, & je rentrai dans mon apartement avec une bonne reſolution de me diſpenſer le plus que je pourrois de me trouver dans une compagnie ſi remplie d'humeurs.

J'allois me coucher, lorſque j'entendis fraper à la porte de la maiſon ; je mis la tête à la fenêtre, curieuſe de ſçavoir quelle affaire importante pouvoit occaſionner des viſites à une heure après minuit ; j'avois fait éloigner les bougies, afin de ne pas être vûë : je remarquai un laquais, qui tenoit un flambeau à la lueur mourante duquel j'entrevis un grand homme, qui attendoit à la porte qu'on lui ouvrît : je prêtai l'oreille, le, & j'entendis qu'il demandoit à une servante qui parut, s'il ne logeoit pas dans la maison une jeune personne qui devoit être arrivée ce même jour : la fille lui ayant répondu qu'il ne se trompoit pas, il demanda si la Demoiselle étoit couchée, & s'il n'étoit pas possible de lui parler. La servante, qui avoit été presente à ce qu'avoit dit sa maîtresse à souper, lorsque le Duc de .... étoit venu pour me voir, dit assés grossierement à l'inconnu, qu'on ne voyoit point celle qu'il demandoit, & encore moins pendant la nuit; en achevant ces mots, elle lui ferma la porte au nez.

Je crus devoir aussi me retirer, dans la crainte que j'eus, qu'étant entrevûë à ma fenêtre, cet homme ne s'obstinât à vouloir me parler.

Je me mis au lit, sans faire aucune Réflexion à ce qui venoit d'arriver ; tout ce que j'imaginai fut

fut que cet événement étoit une fuite de la visite qu'on avoit voulu me faire pendant le souper.

J'avouërai avec confusion, que je dormis jusqu'à dix heures du matin, avec autant de tranquillité, que si je n'eusse eu aucun sujet d'inquiétude; telle est la jeunesse, elle n'a qu'un moment de Réflexion: ma femme de chambre vint m'avertir, qu'une Couturiere, & d'autres personnes préposées pour travailler pour moi, attendoient que je fusse levée pour entrer: je demandai assés imprudemment à cette fille, si c'étoit elle qui les avoit fait avertir; elle me répondit avec un air de surprise, qu'elle n'avoit point reçû d'ordre à ce sujet, & que ces gens lui avoient dit qu'ils y venoient par les miens: je n'eus pas de peine à démêler, que Monsieur de Saint-Fal, prévoyant à son ordinaire, étoit encore l'auteur de cette galanterie: je me levai, on me prit me-

meſure, tant pour les corps que pour les robes, ſans entrer dans aucun détail, imaginant aſſés que cela ne ſerviroit à rien, & qu'on n'en penſeroit ni plus ni moins.

Il étoit une heure ſonnée, j'allois me mettre à table, (car mon ménage ſe régla dès ce jour, comme s'il y eût eu dix ans que j'y fuſſe inſtallée) lorſque Monſieur de Saint-Fal ſe fit annoncer: il étoit mis magnifiquement; je ne l'avois point encore enviſagé juſqu'alors: malgré le penchant dont mon cœur étoit prévenu, je ne pus m'empêcher de lui rendre la juſtice qui lui étoit dûë, & de le trouver un fort aimable cavalier; il m'aborda avec encore plus de ménagement & de reſpect qu'à ſon ordinaire; façon délicate, pour ne point rappeller les obligations; &, tant que ma femme de chambre fut preſente, il me traita de Madame, & ne m'entretint que de choſes ordinaires: je l'invivitai à ſe mettre à table ; dès que nous eûmes dîné, & que nous fûmes ſeuls, il débuta par me marquer combien il étoit tranſporté du plaiſir de me revoir, & me marqua la crainte qu'il avoit eu que je ne m'ennuïaſſe dans un endroit où tout m'étoit étranger. Je fis part au Comte à ce ſujet de ce qui m'étoit arrivé depuis que je ne l'avois vû ; je lui fis le détail du ſouper ; je lui appris la viſite du Duc, ſans oublier le démêlé qui étoit ſurvenu à cette occaſion ; je ne pus m'empêcher de lui avoüer mes inquiétudes au ſujet du mauvais caractere dont je ſoupçonnois Madame de Geneval ; il me dit à cela, que la précipitation, avec laquelle il avoit été obligé de me loger, étoit cauſe que je n'avois pas eu une maiſon ſeule ; mais, qu'il étoit encore tems ; qu'en attendant qu'il eût pris des meſures convenables, il me conſeilloit de voir le moins ſouvent

que

que je pourrois la Propriétaire.

J'eus toutes les peines du monde à interrompre le Comte sur cet article ; il avoit à cœur la visite du Duc ; il s'inquiétoit de celle de cet inconnu qui s'étoit informé de moi pendant la nuit ; je le rassurai en lui promettant que je ne verrois personne, & que j'éviterois à l'avenir toutes les occasions qui se presenteroient ; & même, que pour n'en fournir aucune, je ne me mettrois plus dorénavant à la fenêtre. Saint-Fal parut aussi transporté à cette derniere assurance, que si je lui eusse annoncé la meilleure nouvelle ; il m'avoüa, qu'il n'avoit osé me demander cette grace, dans la crainte que je ne le soupçonnasse de vouloir gêner ma liberté.

Plus tranquille alors, il vint enfin au point qui m'intéressoit le plus : je lui avois déja demandé plusieurs fois s'il avoit vû le pere de mon Amant, sans qu'il eût satisfait

fait à cette question : enfin, il m'apprit le resultat d'un entretien très-vif à mon sujet. Croiriés-vous, me dit Monsieur de Saint-Fal , que le vieux Marquis a eu toutes les peines du monde à croire que vous me soyés échapée ? Il a voulu sçavoir le tems, le lieu, & les circonstances de cette action. Pour tâcher à me faire couper, & à me déconcerter, il a fait appeller mon Valet de chambre , qu'il a interrogé en particulier dans son cabinet, voulant examiner sans doute si nos rapports étoient conformes : enfin, je ne l'ai jamais vû dans une si furieuse colere ; toutes ces précautions ne m'ont point inquieté ; les miennes étoient prises ; j'avois instruit mon homme, & j'étois bien sûr qu'il ne me trahiroit point.

Cependant, mon oncle, qui devoit, à ce qu'il disoit, se transporter lui-même sur les lieux, n'a effectué jusqu'ici aucun de ses desseins ;

ſeins; ſa colere eſt paſſée; il me croit à mon rapport, ou du moins il en ſait le ſemblant; il m'a beaucoup interrogé ſur votre beauté, ſur votre caractere, & enfin ſur tout ce qui vous regarde. Vous pouvés vous imaginer, pourſuivit Saint-Fal, que je ne vous ai pas rendu juſtice à demi; peut-on être modeſte ſur cet article? Les queſtions ſur votre figure ſe ſont repetées pluſieurs fois, ce qui m'a fait penſer, qu'il s'eſt rappellé la rencontre qu'il a fait de vous: dans l'embarras où je me ſuis trouvé à ſon premier abord, j'ai oublié imprudemment ce que vous m'aviés dit à ce ſujet, & lui ai fait naturellement votre portrait. Cette conformité l'a fait rêver. Si ce que je penſe eſt vrai, s'eſt-il écrié, je ne ſuis pas ſurpris de la paſſion que mon fils a pour cette créature; j'ai feint de m'étonner à cette Réfléxion; le vieux Marquis, ſoit qu'il ſe défie de moi,
 ou

ou qu'il n'ait pas voulu me faire part de ſes ſentimens ſecrets, a changé de converſation, & je me ſuis retiré bien ſatisfait d'être ſorti ſi heureuſement d'un entretien auſſi ſcabreux & auſſi délicat.

Je fus un peu plus tranquille des aſſurances que me donna Mr. de St. Fal, que la colere de ſon oncle paroiſſoit appaiſée; quelque raiſon cependant que j'aïe d'être perſuadé, continua le couſin de mon Amant, je me tiendrai toujours ſur mes gardes; nous avons affaire au Courtiſan le plus délié & le plus politique; dans la crainte que j'ai qu'il ne ſe contrefaſſe, je prendrai toutes les précautions imaginables pour ne lui point donner lieu de ſoupçonner la bonne-foi dont je me pare; dans ce deſſein, je ne l'ai point quitté depuis hier; il doit aller demain à Paris, je profiterai de ſon abſence pour paſſer, belle Jeannette, ce jour avec vous, &

pour

pour arranger toutes vos petites affaires.

A ce mot d'arrangement, je me ſouvins de tout ce que cet homme genereux avoit déja fait pour moi. Mon Dieu, Monſieur, repris-je, que dirés-vous de moi? vous me voyés dans une confuſion extrême d'avoir attendu juſqu'ici à vous remercier de vos bontés; j'y ſuis ſenſible au-delà de tout ce que je pourrois vous exprimer. Ah! vous les payés trop, Mademoiſelle, interrompit St. Fal, en voulant bien vous en ſouvenir; ne parlons point, s'il vous plaît, de ces bagatelles... je les regarde avec d'autres yeux, repris-je; mais, des reflexions cruelles trahiſſent ma reconnoiſſance, & m'allarment au dernier point: je vous l'ai déja dit, Monſieur, continuai-je; je ne voudrois pas, pour toutes les richeſſes du monde, m'écarter de certaines voïes que je me ſuis preſcrites;

& si vous aviés des vûës ..... Non, pour la derniere fois, interrompit Saint-Fal, avec le ton le plus sincere, recevés-en ma parole d'honneur, & persuadés-vous bien, que je suis incapable d'y manquer ; regardés-moi comme le dernier des hommes, s'il arrivoit aucune action qui démentît ce que j'ai l'honneur de vous dire : sur ce pied, repliquai-je, extrémement rassurée, je serai charmée de vous voir, & sans les sentimens que vous m'avés declaré opposés aux secrets de mon cœur, je me serois fait un plaisir de n'avoir rien de caché pour vous. Ah! que cela ne vous retienne pas, interrompit le Comte avec vivacité ; au contraire, belle Jeannette, je trouverai de la consolation & de la douceur dans votre confiance ; que je serois flatté si je la possédois ! chacun a sa façon d'aimer, la mienne est sans doute differente de celle

celle des autres hommes ; j'ai toujours conçû, qu'aimer pour l'amour de soi-même n'est pas un sentiment qui doit inspirer de la reconnoissance; c'est soi qu'on aime, lorsque le but de l'amour n'envisage que sa propre félicité; c'est son propre intérêt qu'on cherche, & non celui de l'objet pour lequel on soupire. La preuve d'un veritable amour est de servir une maîtresse jusques dans les choses même qui sont contraires à nos propres desirs, lorsqu'ils tendent au bonheur de la personne cherie: voilà, trop aimable Enfant, de quelle espece est la passion que je ressens pour vous; c'est votre satisfaction, c'est votre bonheur, que je desire. Oui, poursuivit le Comte en me serrant les mains, vous me verrés contribuer avec autant d'ardeur à vous unir à celui que vous aimés, que si dans cet hymen étranger je trouvois ma propre felicité; en vous perdant, je perdrai tout ce que j'ai de plus cher dans la vie; mais, j'aurai du moins la consolation de penser, qu'il n'y avoit que moi seul qui pût vous aimer avec autant de désintéressement.

Ces sentimens étoient si délicats, si épurés, & si nouveaux pour moi, que mon silence seul put exprimer mon admiration. Ah! douteriés-vous de ma sincerité, continua le Comte? vous ne me répondés pas? voudriés-vous me priver de cette confiance dont vous m'avés parlé? & l'un des biens, helas! auquel je n'ai plus droit que d'aspirer? La théorie des sentimens, que je viens de vous exprimer, vous paroît sans doute impossible dans la pratique; la conduite que j'ai tenuë jusqu'ici avec vous, mes dernieres protestations, tout annonce des vûës secretes; oui j'en ai, trop charmante personne, faut-il vous le dire,

dire, ajoûta Saint-Fal en se levant? N'est-il question pour vous persuader, que de vous faire part de mes pensées les plus cachées? Eh bien, Monsieur, repris-je allarmée de ce que j'allois entendre, qu'espereriés-vous? vous devés me connoître, & ne point vous flatter que jamais je puisse.... Ah! Mademoiselle, interrompit Saint-Fal, achevés de m'entendre, ne soupçonnés pas, que sous le voile d'une probité apparente, je vous cache le malhonnête homme; je vous aime, je vous adore, vos vertus plus que vos beautés m'ont séduit, je sacrifierois mille fois les dignités, le rang, les richesses, pour vous mériter; mais, je voudrois vous devoir à votre goût, & non aux égards dont je viens de parler; je suis persuadé, que si je n'avois pas été prévenu par l'inclination que vous avés pour mon cousin, que je serois parvenu un jour au bonheur de vous plaire; mais, cette probité dont je me pique, cette façon de penſer non commune, ont mis un frein à ma paſſion, mais ne m'ont pas ôté l'eſpoir : c'eſt ſur lui qu'eſt fondée ma conduite preſente, & celle que je tiendrai juſqu'à ce que le ſort m'ait entiérement ravi l'eſpoir de vous poſſeder; je ne ſouhaite pas aſſurément que le Marquis change, & encore moins que la mort vous l'enleve; mais, les évenemens de la vie ſont ſi incertains, & ſujets à tant d'inconſtance, que cela peut arriver : dans l'un ou l'autre de ces cas malheureux, n'aurois-je pas lieu d'eſperer que vous vous ſouviendriés un jour de la pureté de mes ſentimens ; & des ſervices rendus, ou que j'aurois tâché de vous rendre; & que vous offrant alors une main, que j'oſerois dire qui ne vous auroit point déplû, ſans un goût décidé pour un autre, vous couronneriés un amour

qui

qui n'étoit pas inſpiré pour être malheureux.

Le Comte me dit ces derniers mots avec un ton ſi attendri, que j'en fus extrémement touchée. Ah! vous avés raiſon, repris-je avec émotion, en abandonnant une de mes mains, que Saint-Fal mouilloit de ſes larmes ; vous avés raiſon de compter ſur ma reconnoiſſance : je vous dirai même plus, que ſi mon cœur étoit libre, qu'il n'y auroit jamais que vous qui poſſederoit mon inclination .... Ah ! Je ſuis le plus heureux des hommes, s'écria le Comte en ſe jettant à mes pieds : ce témoignage me conſole, me tranſporte.... Quoi! belle Jeannette, je ſerois aſſés heureux!... Qu'ai-je entendu, grand Dieu! interrompit une voix qui venoit de la porte entr'ouverte : je ſuis trahi!

Le ſon de cette voix, l'expreſſion des paroles, la vivacité avec laquelle ſe retira celui qui les avoit proferé, la ſituation où s'étoit trouvé le Comte, lorſque j'avois été ſurpriſe; toutes ces choſes me firent lever bruſquement, & voler à la porte. Ah ! je ſuis perduë, m'écriai-je reconnoiſſant le Marquis, qui ſuyoit. Je fus ſi ſaiſie de cette apparition imprévûë, que les jambes plierent ſous moi, un ſopha voiſin ſuppléa à ma foibleſſe. Saint-Fal, auſſi ſurpris que moi, accourut pour me remettre. Ah ! Monſieur, m'écriai-je, laiſſés-moi : courés après Monſieur votre couſin, il me croit coupable, je lui ſuis en horreur.

Saint-Fal n'en attendit pas davantage: il deſcendit avec précipitation, & ne fut pas long-tems ſans joindre le Marquis. Je voulus en vain me lever pour aller au-devant d'un démêlé, que la chaleur avec laquelle j'entendois parler de ma chambre, me faiſoit prévoir; mais, le ſaiſiſſement me retint: ma femme de chambre

bre ſurvint toute éperduë; elle acheva de mettre le comble à m douleur, en me rapportant que Saint-Fal & un Officier, c'eſt ainſi qu'elle nommoit mon Amant, étoient ſortis en ſe diſputant, & que la fureur, qui avoit paru dans les yeux du Marquis, ne laiſſoit pas douter que ces Cavaliers ne fuſſent ſe battre. A cette cruelle nouvelle, je fis un effort, je courus à la fenêtre pour les faire revenir; mais, hélas! ils étoient déja au bout de la ruë, & je les aurois appellé en vain. Ah! Ciel, m'écriai-je, ſans faire attention que je me trahiſſois devant un domeſtique dont je devois me défier, que deviendrai-je, grand Dieu! ſi je perds ce que j'ai de plus cher dans le monde! Allez, Mademoiſelle, dis-je à ma femme de chambre, ne perdés pas un moment de tems: courés après ces deux hommes, & faites vos efforts pour me les ramener. Dieu m'en préſerve, reprit Brochan d'un air févere : il convient bien vraiment, que des filles courent après des Cavaliers ; si j'avois sçû, continua cette fille, que l'on m'eût mise ici pour être mêlée dans de pareilles avantures, je me serois bien donné de garde d'y entrer. Après ce discours consolant, ma femme de chambre sortit, en murmurant assés haut pour me laisser entendre les choses les plus desagréables.

Qu'on juge de l'état où je me trouvai : je ne sçavois quel parti prendre : si je sors, me disois-je, que ferai-je ? quand je supposerois que j'arrivasse avant la fin d'un combat, que je ne prévois que trop, ne dois-je pas craindre que ma vûë ne rallume la fureur du Marquis, & ne précipite ses coups ? Il me croit une perfide ; de quelle valeur seroient mes prieres près de lui ? d'un autre côté, de quel œil vais-je être regardée dans cette mai-

son ?

ſon ? Quand même la curieuſe Madame de Geneval ne ſe ſeroit pas trouvée chés elle à la ſortie du Marquis & de Saint-Fal, réflechiſſois-je, n'avois-je pas lieu de penſer que la ſévere Brochan étoit allée lui rendre compte de ce qui venoit d'arriver ? Quelles conſequences n'en pouvoit-on pas tirer? Les femmes, ſur-tout celles du caractere de la Propriétaire, ne ſont pas indulgentes dans de pareilles occaſions : je ne ſçavois enfin que décider; quelquefois je comptois ſur la prudence & ſur le ſincere attachement de Saint-Fal, mais je perdois encore toute eſperance de ce côté, lorſque je me repreſentois qu'attaqué vivement, comme je n'en devois pas douter, il ſeroit obligé de ſe défendre: je me promenois avec agitation en rêvant à toutes ces choſes, lorſque, pour ſurcroît de mortification, la Geneval, ci-devant ſi polie, entra ſans aucune cérémonie dans ma chambre, & me demanda avec un ton fort bruſque ce que ſignifioit ce qu'on venoit de lui dire; que pour tout l'or du monde elle ſeroit au deſeſpoir s'il arrivoit quelqu'affaire où elle fut compromiſe; que ſa maiſon n'étoit point faite pour les avantures; & qu'elle ſçavoit très-mauvais gré à M. de Saint-Fal de l'avoir miſe dans le cas d'être expoſée à de pareilles choſes.

A tous ces diſcours je ne répondois rien; j'étois ſi interdite, que mon eſprit ne trouvoit aucun biais qui pût donner une face favorable à ces reproches: la Dame prévenuë, que mon ſilence étoit un aveu tacite de ce qu'elle penſoit ſur mon compte, confirmée peut-être par les Réflexions de ma dévote de femme de chambre, prit avec moi un ton ſi haut, continua à me parler avec tant d'aigreur, & ſe ſervit d'expreſſions

ſions qui me parurent ſi déplacées, que, n'ayant pas d'elle une opinion qui m'impoſât, je pris le parti de relever ſes impertinences, en lui diſant avec un ſérieux à glacer, qu'elle ſortît de ma chambre, & qu'au retour de M. de Saint-Fal, que j'attendois, je lui apprendrois les bontés qu'on avoit pour moi dans un apartement qu'il m'avoit choiſi, & où je m'étois cruë à l'abri de l'inſulte. Ces mots furent prononcez avec tant de fermeté, que la Geneval n'oſa y repliquer : ſon mari, qui étoit ſurvenu, & qui en entendit une partie, me demanda avec empreſſement, ſi quelqu'un de chés lui m'avoit manqué de reſpect. Je le remerciai froidement de ſon attention, & voyant que la Propriétaire ouvroit la bouche pour me parler, je me retirai dans mon cabinet, dont je fermai la porte ſur moi, où je me plongeai dans un labirinthe de Réflexions plus cruel-

cruelles les unes que les autres.

Lorſque je fus livrée à moi-même, je regardai ce qui m'arrivoit comme une juſte punition de la foibleſſe que j'avois eu de ſouffrir que Saint-Fal prît ſoin de moi : il auroit bien mieux valu, me diſois-je, que je me fuſſe laiſſé conduire dans un Couvent, je ſatisfaiſois par-là à tout à la fois, l'amour & la raiſon auroient été d'intelligence, le vieux Marquis ſe ſeroit peut-être laſſé de me perſecuter ; l'averſion que j'ai pour le Cloître m'auroit fait ſouffrir, il eſt vrai ; mais, ma vertu tranquille ſe ſeroit conſolée, en me faiſant penſer que j'euſſe été plainte & eſtimée d'un Amant qui m'eſt cher, & que j'ai tant d'intérêt de conſerver : je me perds aujourd'hui, continuai-je en verſant un torrent de larmes, que ne penſe-t-il pas de moi ? que n'a-t-il pas lieu de penſer ? Il me trouve en la puiſſance d'un autre ; quelqu'innocente

nocente que je ſois, il le ſurprend à mes pieds ; les apparences ſont contre moi, il n'en reviendra jamais.

Je paſſai trois heures dans l'état le plus accablant ; aucune nouvelle ne me venoit, je tremblois qu'il ne fût arrivé quelque malheur ; la délicateſſe de Saint-Fal m'étoit trop connuë, pour n'avoir pas lieu d'en craindre la certitude : il me vint même dans l'eſprit, qu'il falloit qu'il eût ſuccombé dans le combat, puiſqu'il me laiſſoit ainſi en proye à mes inquiétudes. Cette idée, ſe fortifiant de plus en plus, m'éclaira ſur les ſuites d'une affaire auſſi cruelle ; il étoit naturel, que je craigniſſe qu'on ne m'arrêtât, & que cauſe, quoiqu'innocente de ce que mon eſprit agité me ſuppoſoit, l'on ne m'en rendît reſponſable, & que je fuſſe traitée à la derniere rigueur. Ces juſtes allarmes me firent naître la réſolution de m'enfuïr : j'avois de l'argent (car j'ai j'ai oublié de dire que j'avois trouvé une bourſe pleine d'or dans ma commode ;) mais, je le repete une ſeconde fois, je n'étois plus cette Jeannette autrefois ſi réſoluë dans les évenemens ; le luxe, la moleſſe, les attentions délicates, m'avoient donné les frayeurs & les foibleſſes d'une fille de qualité : je craignois alors de me trouver ſeule ; j'aimois mes aiſes, la crainte d'en manquer m'agitoit ; j'avois une répugnance invincible à ſervir ; cependant, je ne voyois que ce parti, ou celui de travailler ; que faire ? je ne ſçavois rien, & à peine me pouvois-je ſervir moi-même ; j'avois beau me conſulter, mille obſtacles s'oppoſoient aux voïes que ma vertu me dictoit ; elle ne ſe démentoit point ; elle étoit bien toujours la même ; mais, offuſquée par les ombres qui l'environnoient, elle ne jettoit plus cet éclat vif dont elle brille lorſqu'elle eſt dégagée de toutes les pue-

puerilités du siécle ; je connoissois mon état, j'en pleurois ; mais, c'étoit tout.

Il étoit près de dix heures du soir, que je ne m'étois encore décidée sur rien ; l'accablement où j'étois m'ôtoit jusqu'à l'idée de manger : ma Cuisiniere, qui m'avoit pris en affection dès le premier jour, & dont le cœur mieux placé que celui de ma femme de chambre, étoit attentif & prévoyant, vint me trouver dans mon cabinet. Je ne crains point d'entrer dans le détail d'une conversation que les suites rendent intéressantes. Notre-dame, me dit cette fille avec un ton naïf, est-ce qu'on ne mange point ici ? il y a plus de deux heures que votre souper vous attend. *Jesus-Maria*, s'écria-t-elle en me portant une lumiere qu'elle tenoit au visage, vous pleurés, grand Dieu ! à votre âge vous avés des chagrins ? Misericorde éternelle ! Que doivent faire les au-

autres, puiſqu'étant ſi gentille & ſi pouponne, vous vous aviſés de prendre les choſes à cœur. Juſtice divine, me voilà bien; je ſuis tombée de fiévre en chaud mal; la maîtreſſe, que je viens de quitter, grouloit, grondoit, rognonnoit toujours; celle-ci pleure: patience, chacun a ſon temperament.... Mais, en bonne-foi, de quoi pleurés-vous? Que vous manque-t-il? n'êtes-vous pas bien logée, bien meublée? n'avés-vous pas de belles & bonnes rentes? Pour de la jeuneſſe & de la beauté, Dieu merci, vous n'avés pas beſoin d'en aller chercher ailleurs; vous êtes donc bien à plaindre: Eh! jernonce, ſi vous étiés à ma place, pauvre femme que je ſuis, que feriés-vous donc? Sauveur de mon ame, pourſuivit cette bonne fille en s'attendriſſant, vous verrés que c'eſt la perte de ſon défunt mari? Eh bien, il eſt mort, qu'y faire? Eſt-ce que pour un un *ad patres* on n'en trouve pas mille ? Là, là, nous n'en chaumerons gueres ; nous sommes, Dieu merci, dans un païs où ils sont communs comme la misere des Cuisinieres.

Je ne pus m'empêcher de sourire des comparaisons & de la maniere dont ma servante me consoloit : je lui dis cependant, qu'elle me laissât, & que je ne voulois pas manger. Il faut donc, continua-t-elle, que je jeûne aussi ; car, il ne seroit pas juste que je me regalasse, pendant que ma bonne maîtresse est dans l'affliction : allons, allons, nous ne mourrons pas pour cela ; si je me passe aujourd'hui de souper, je le ferai deux fois un autre jour. Barbe (c'est ainsi que se nommoit cette bonne fille) sortit en me disant ces mots : son affection me toucha, je la rappellai, & je lui ordonnai de souper. A ça, composons, me dit-elle : prenés-moi seu-

ſeulement un petit bouillon, & je vous jure par notre Patron que je mangerai comme quatre ; ſans quoi, je jeûnerai plus hardiment que le Curé de notre village, le plus grand Pénitencier de notre païs, & le plus honnête homme, s'il n'aimoit pas un tant ſoit peu l'argent ; ſans cela, l'on dit qu'il y a long-tems qu'il ſeroit Saint. Mais, il reſſemble à bien d'autres, il en fait ſon idole, & au bout du compte il n'a pas ſi grand tort.

Je voulus une ſeconde fois renvoyer Barbe, dont le babil commençoit à m'impatienter : lorſqu'on a du chagrin, tout nous eſt incommode : mais, il étoit dit que ce jour devoit être deſtiné à m'intriguer. Sortés donc, dis-je à cette fille avec un ton d'impatience : allons, Madame, repritelle, partons, en reſtant toujours ; je vois bien que le tourne-broche ſe monte, & qu'il faut vous obéir : voyés comme on ſe trompe dans la vie ; j'aurois juré qu'avec cet air de douceur, vous n'étiés pas capable de déchanter ; mais, comme l'on dit, il ne faut pas s'en rapporter à la mine, & si vous vous y mettiés, vous gronderiés aussi ferme que votre camarade. Dieu soit loüé : nos autres filles de condition (ce fut le terme dont elle se servit) sommes faites pour tout endurer ; j'ai servi une certaine Mademoiselle d'Elbieux, qui, comme vous .... Mademoiselle d'Elbieux, interrompis-je émuë à ce nom, d'où étoit-elle ? Est-ce que vous la connoissés, reprit Barbe ? Non, repris-je en dissimulant ; mais, j'étois fort amie d'une des siennes. Tant mieux que vous ne la connoissiés pas, continua Barbe, c'est une maligne Demoiselle ou Dame, comme il vous plaira l'appeller, puisqu'elle est mariée ; notre hameau est bien aise d'en être délivré, car elle nous faisoit mille maux lorsqu'elqu'elle y venoit passer l'été, & cela arrivoit tous les ans. Quel est le nom de votre village, continuai-je, extrémement surprise du rapport que tout cela avoit avec le païs de ma naissance ? Si vous croyés que je l'ai oublié, Madame, reprit Barbe, vous vous mécompteriés ; il n'y a pas assés long-tems que j'en suis sortie pour en avoir perdu la mémoire, il se nomme D ****, & quoiqu'il soit le moindre de ceux qui sont situés dans la Forêt de Fontainebleau, il n'en est pas moins recommandable ; c'est un vrai petit Paradis terrestre, je meurs d'envie d'y finir mes jours ; mais, patience, cela viendra si Dieu me prête vie, chaque chose a son tems ; il faut bien amasser un peu pour ne pas mourir de faim ; nous sommes pauvres ; mais, d'honnêtes gens, & notre famille, Dieu merci, n'a rien à se reprocher, à moins que je n'excepte te une petite niéce, qui a déja bien fait parler d'elle, & qu'on dit qui fera fortune : mais, il n'y a pas un de nous qui voulût être à sa place ; car, notre proverbe, dans notre hameau est, plus d'honneur & moins de bien ; bonne renommée vaut mieux que ceinture dorée.

Barbe sortit en prononçant ces mots. Qu'on juge de la surprise extrême dont je fus saisie, de rencontrer dans ma Cuisiniere une de mes tantes : en effet, selon son rapport, elle étoit la propre sœur de mon pere. Ce sont de ces événemens, auxquels on ne s'attend pas, & dont on a toutes les peines du monde à revenir. J'aurois bien souhaité d'entrer dans un plus grand détail avec cette bonne & simple parente ; mais, je crus devoir attendre à un autre tems, pour satisfaire à bien des questions que je me proposois : mais, j'avois la tête si étourdie, que je n'én'étois pas capable de prendre les précautions que la prudence devoit me dicter pour ſortir de cette converſation ſans donner lieu de me ſoupçonner.

La bonne Barbe, ou, pour mieux dire, ma tante m'apporta un moment après un boüillon : je le reçûs avec complaiſance, & je lui fis beaucoup d'amitié ; elle ſortit, en me jurant, que je lui avois fait plus de plaiſir, que ſi je lui euſſe donné un *Agnus* : c'étoit beaucoup dire pour elle ; car, elle avoit une très-grande foi à tous les Reliquaires ; mais, ſa dévotion étoit fort bien entenduë, & ne reſſembloit pas à la dureté de Mademoiſelle Brochant, ma très-digne & très-peu affectionnée femme de chambre.

Dès que je fus ſeule, je me replongeai de nouveau dans les Inquiétudes & dans les Réfléxions ; pluſieurs projets s'offroient à mon eſprit agité ; tantôt je voulois m'ouvrir naturellement à ma tante, te, & m'en retourner avec elle au hameau; un instant après, je prenois le parti de me retirer dans un Couvent, & de m'y cacher si bien, qu'on n'entendit plus parler de moi; dans la minute suivante, je voulois écrire à Madame de G.... ou aller la trouver, la supplier de me prendre près d'elle, & l'engager de me traiter comme une fille faite pour la servir; enfin, vingt desseins differens se conçurent dans ma tête, dont aucun ne prit racine.

Ma derniere résolution, après bien des combats, fut d'aller à Paris m'enfermer dans une chambre où je devois m'accoutumer à travailler jusqu'à ce que mon esprit plus libre me laissât la liberté de me déterminer entiérement: ce parti pris, j'essuïai mes pleurs, & je me mis à écrire au Marquis: ma Lettre lui justifioit sans bassesse ma conduite; & je la finissois, en l'assurant, que, puisqu'il avoit pû

 la

la ſoupçonner, qu'il ne me verroit jamais.

Dans le même paquet, j'en adreſſois une à Monſieur de Saint-Fal, par laquelle je le remerciois de toutes ſes bontés ; en l'aſſurant, que quelque choſe qui m'arrivât, elles ne ſortiroient jamais de ma mémoire ; que c'étoit à regret que je me mettois dans le cas de perdre un ami auſſi généreux & auſſi délicat ; que je lui rendois aſſez de juſtice, pour me flatter, que quelque diſcours qu'on lui tînt de moi, qu'il ne me condamneroit pas ſur des apparences comme avoit fait Monſieur ſon couſin : j'avois ſi fort à cœur cette offenſe, qu'elle étoit repetée en pluſieurs endroits de mes Lettres.

J'allois les cacheter, mon intention étoit de les laiſſer ſur ma toilette, de feindre le lendemain de m'aller promener, de faire un petit paquet de mon pur néceſſaire, & de partir enſuite, lorſque

que ma tante vint avec empressement me dire que j'essuïasse mes pleurs; qu'elle en sçavoit enfin la cause par la servante de Madame de Geneval; que je n'avois qu'à me réjoüir, puisque le malheur que je craignois n'étoit pas arrivé. Je demandai avec précipitation à Barbe, qui avoit pû lui rendre compte de ce qu'elle me disoit? Tenez, dit-elle, (en me montrant Saint-Fal & le Marquis qui parurent tout-à-coup,) voilà la preuve de ce que je vous avance. Dieu soit loüé: vous voilà contente; & la maudite Brochant en crêvera de dépit.

Je ne fis pas attention à ce discours, le Marquis étoit à mes genoux, il m'avoit saisi les mains, vouloit me parler, il n'en avoit pas la force, & moi encore moins celle de me défendre de ses empressemens; mes larmes seules s'expliquoient, & ce n'est pas un mauvais interprete.

 Saint-

Saint-Fal n'avoit encore rien dit ; appuïé sur le dos d'un fauteuil dont je n'avois pû me lever, il sembloit attendre les effets du premier mouvement. Je vous ramene, me dit-il, un Amant tendre & fidele : les apparences ne l'ont séduit qu'un moment, je n'ai pas eu de peine à lui persuader combien vous êtes digne de lui : il a rougi vingt fois de vous avoir soupçonnée ; & nous serions ici depuis plus de quatre heures, sans la rencontre que nous avons fait de mon oncle : j'ai bien prévû quelles devoient être vos inquiétudes ; nous vous aurions bien fait avertir de l'impuissance où nous étions de vous aller trouver, sans la crainte de donner des soupçons au vieux Marquis ; mais, cette commission nous a paru trop délicate, pour en charger d'autres que nous.

Remettez-vous donc, Mademoiselle : essuïés vos pleurs, & goû-

goûtez ſans inquiétude le charme de revoir un Amant, qui vous mérite autant par la pureté de ſes vûës, que par la grandeur de ſon amour. Après ces mots St. Fal ſortit, en me promettant de revenir le lendemain; voulant, diſoit-il, rejoindre ſon oncle, afin d'aſſurer au Marquis la liberté de m'entretenir. J'avois le cœur ſi ſerré & ſi émû de la preſence d'un Amant trop cher à mon cœur, que je ne pus que faire un ſigne obligeant à ce genereux ami.

Dans tout autre tems, je n'aurois pas voulu me trouver ſeule avec le Marquis; mais, alors, je penſai differemment, je reſſentis une joïe ſecrete de me voir juſtifiée dans ſon eſprit; je voulois l'apprendre de ſa bouche: ce n'étoit plus des larmes de deſeſpoir, ma douleur avoit quelque choſe de doux, & donnoit de la ſatisfaction à mon ame; que le plaiſir eſt ſenſible, lorſqu'il prévient les maux auxquels on a droit de s'attendre! Ce moment de ma vie eſt l'un de ceux qui ſe retrace à mon eſprit avec le plus de ſatisfaction.

Dans l'inſtant où j'écris cet endroit intéreſſant de mes Avantures, cet Amant cheri, ce Mari que je poſſede aujourd'hui, me ſurprend dans mon cabinet : il ſoûrit à l'embarras où il me voit de rendre avec une verité vive, une époque ſi eſſentielle; il veut, dit-il, m'aider à m'en reſſouvenir, il prend la plume, il écrit, je veux en vain l'en empêcher; quand je ne l'aimerois pas autant que je le fais, n'eſt-il pas le maître? Ainſi, Lecteur indulgent ou critique, ne ſoyés pas ſurpris ſi le ſtile, dans le cours de ces Parties, ne ſe trouve pas toujours conforme & égal: le Marquis de L. V. a ſouvent la complaiſance de m'aider dans cet ouvrage. Je ſens bien, que l'interruption que je viens de faire, auſſi-bien que l'aveu précedent, n'eſt pas trop ſelon les regles; mais, y en a-t-il, lorſque le cœur dit, J'aime mieux y manquer, que d'échaper une occaſion de parler du plus aimable des maris? Revenons.

J'étois, comme je l'ai dit, ſi charmée dans le fond de mon cœur de revoir un Amant que je croyois perdu pour jamais, que je n'avois pas encore ſongé à le relever: je fis mes efforts, pour le faire ſortir d'une ſituation ſi incommode; mais, me ſerrant tendrement les mains: non, belle Jeannette, me dit-il, je mourrai à vos pieds, à moins que vous ne me pardonniés l'offenſe la plus cruelle. Je m'avoüe le plus coupable des hommes; je vous ai cru infidelle; je me ſuis perſuadé, que mon couſin poſſedoit le ſeul tréſor, que j'envie, & pour lequel je ſoupire depuis ſi longtems. Hélas! que n'ai-je pas penſé? qu'il eſt difficile d'être juſte, lorſ-

que

que l'on eſt amoureux ! Je conviens, que de pareils ſoupçons ſont des crimes ; je le repete : je devois vous connoître, cela ſeul devoit me ſuffire, pour ne pas me laiſſer ſéduire par une jalouſie que les apparences avoient miſe à l'excès.

Que de mouvemens agiterent mon cœur, pendant le tems que le Marquis ſe juſtifioit! qu'il avoit de graces à le faire ! Il auroit fallu être inſenſible, pour ne pas être touchée de tout ce qu'il me dit à ce ſujet. Qu'une fille eſt heureuſe, quand la vertu & la retenue ſont nées avec elle, ou qu'une éducation ſévere a ſuppléé au défaut de ces heureux préjugés ! Sans l'un de ces freins, j'avoüe avec confuſion, que je me ſerois laiſſée aller au penchant qui m'entraînoit : le rouge, occaſionné par de trop tendres Réflexions, fut pris par le Marquis pour un reſte de reſſentiment ; il me demanda une ſeconde de fois, ſi je lui faiſois grace? Oui, Monſieur, repris-je, en me couvrant de la main le viſage; je vous pardonne: je vous prie en même tems d'oublier les chagrins, dont ma déférence aux conſeils de Monſieur votre Couſin eſt peut-être la cauſe: je ſçais, que je devois être la premiere à l'engager à remplir les vûës de Monſieur votre pere; mais, c'eſt cette même inclination, ce penchant plus fort que moi, qui m'a fait voir toute l'horreur d'un Cloître où je ne devois plus entendre parler de vous. C'eſt cet amour, que vous avez fait naître en mon cœur, & qui ne s'y eſt que trop conſervé, qui a penſé me mettre dans le cas de perdre votre eſtime, en m'ôtant à de certaines bienſéances.. .... Non, adorable Jeannette, interrompit le Marquis en s'aſſoïant à mon côté, vous n'avez péché en rien: vous étiés perdue, & je ſerois mort de deſeſpoir, ſi vous

vous fussiés tombée entre les mains de mon pere : son dessein étoit de vous faire Religieuse ; ses mesures étoient prises avec tant de précaution, & ses ordres auroient été si bien exécutés, que vous m'eussiés été ravie pour jamais. Je ne suis informé de ces choses, que depuis peu de jours. Un domestique de mon pere, qui a sa confiance, persuadé que ce coup m'eût arraché la vie, m'a dévoilé tout le mistere : j'ai pris la poste sur le champ, je ne vous ai manquée que de vingt-quatre heures : jugez de mon desespoir, en arrivant chés Madame de G...., de ne vous y plus trouver ; elle en a eu pitié, & c'est d'elle que j'ai appris la commission dont mon Cousin étoit chargé : sans la parole d'honneur qu'elle a exigé avant que de me faire cette confidence, Saint-Fal m'auroit ôté la vie, ou j'aurois sçû de lui ce qu'il avoit fait de vous. J'ai dissimulé, je l'ai fait suivre ; j'ai sçu enfin toutes

tes ſes allures ; c'eſt moi qui ſuis venu la nuit paſſée vous demander : j'avoüe, que toutes ces menées, l'omiſſion, ou pour mieux dire, le mépris des ordres de mon pere, ce ſéjour à Verſailles, ce logement, tout cela, dis-je, m'a fait tourner la tête. Ah ! me diſois-je dans ces momens, je ſuis trahi! Saint-Fal a profité de l'autorité qui lui a été confiée ; Jeannette en a tremblé ; mon couſin eſt aimable, Jeannette m'eſt peut-être infidelle : cette idée, me mettant au deſeſpoir, m'a fait guetter toute la nuit Saint-Fal. A ſon arrivée à Verſailles, je l'ai épié ; mais, ne pouvant tirer aucunes conjectures de ſes démarches, (vous n'étiés point encore ici) j'ai commencé à condamner mes ſoupçons : je vous ai cru dans un Couvent ; &, dans cette confiance, j'étois prêt à prendre les dernieres Réſolutions, & à manquer à ma parole, pour obli-

obliger mon Cousin à me réveler le lieu de votre exil : dans ce dessein, j'allois le trouver; mais, ayant appris qu'il étoit parti la veille, & ne pouvant me flatter de le joindre, je resolus d'attendre son retour pour me vanger des maux qu'il me causoit. Le Ciel, qui en a eu pitié, a permis que les choses se soient passées differemment : en sortant du Parc, où j'étois allé rêver, j'ai entrevû Saint-Fal, qui marchoit avec action ; je l'ai suivi, je l'ai vû entrer ici, & c'est par ce moyen que j'ai appris votre demeure.

Voilà, charmante Jeannette, une partie des inquiétudes que vous m'avés fait ressentir ; mais, jugés de mon desespoir, lorsqu'en abordant une vieille fille qui vous sert, à laquelle je m'adressois pour me faire annoncer, j'ai appris d'elle que ce seroit en vain, que vous ne voyés personne ; qu'on avoit renvoyé

voyé la veille un Seigneur, & que vous ne receviés que Monsieur de Saint-Fal : je voulus me nommer, & l'engager à m'ouvrir ; mais, cette fille m'a dit, que mon Cousin étoit renfermé avec vous, & qu'elle n'avoit garde de troubler votre entretien. La maniere misterieuse dont ces mots ont été proférés m'a donné de l'inquiétude : dix loüis offerts & reçûs ont aplani les difficultés ; la vieille, à la vûë de mon argent, bien loin d'être rebelle, a été la premiere à me proposer à me cacher, en me faisant promettre, que je ne parlerois jamais, ni de ce qu'elle faisoit, ni de ce qu'elle alloit me dire ; plus elle a affecté de mistere, plus elle a fait naître de soupçons. Permettez que je passe les impertinences qu'elle m'a dit à votre sujet. J'interrompis le Marquis, & je voulus sçavoir ce qu'une fille qui n'étoit que depuis deux jours à moi avoit pû dire : le Marquis me ſatisfit avec peine ; il m'avoüa enfin, que la Brochant lui avoit inſinué, que Monſieur de Saint-Fal me conſoloit de la perte d'un mari, & que c'étoit en cette conſideration que je ne voulois voir perſonne. Pardonnés encore une fois, me dit le Marquis, me trouvant émûë de ce rapport : je ſçais, que je ne devois pas y ajoûter foi ; mais, il ſemble que tout a conſpiré à me rendre criminel. Je ſurprens Saint-Fal à vos genoux, vous lui parlés avec douceur, il vous baiſe la main, vous ne vous en offenſés point. Peut-on, avec autant d'amour que j'en ai pour vous, voir d'un œil tranquille une ſcene ſi intéreſſante ? Mais, que dis-je ! devois-je être ſurpris que mon Couſin vous ait rendu les armes ; & ne devois-je pas penſer, que j'aurai autant de rivaux qu'il y aura d'hommes qui vous verront ?

La fin de ce diſcours ſe termina

par

par les tendres témoignages de la plus vive paſſion : le Marquis s'exprimoit avec tant d'ardeur, que je n'avois pas la force de l'interrompre ; je pris cependant ſur moi de remettre au lendemain la ſuite d'une converſation qui m'intereſſoit ſi fort, en lui faiſant obſerver, qu'il étoit plus de minuit, & que la bienſéance exigeoit qu'il me quittât : toujours complaiſant & docile, il obéït en me baiſant la main ; je lus dans ſes yeux, & à la façon dont il ſe preſenta, qu'il deſiroit autre choſe ; je ne crus pas devoir lui refuſer un baiſer ; je lui preſentai la jouë avec une rougeur & une émotion qui ne lui laiſſa pas lieu de douter que cette complaiſance étoit la premiere que j'avois eu de ma vie, & qu'il en étoit redevable à la ſincerité de mon attachement.

J'avois été agitée de trop d'évenemens differens, pour paſſer une nuit aussi tranquille que devoient me la procurer les sujets de consolation que j'avois reçû du Marquis; je ne connoissois point encore un mal assés commun chés les femmes, nommé vapeurs, j'en fus tourmentée toute la nuit, & ce ne fut qu'au point du jour que je commençai à prendre du repos.

L'affectionnée Barbe me vint réveiller à deux heures; elle étoit dans l'inquiétude de ce que mon sommeil duroit si long-tems. Elle m'apprit que Monsieur de Saint-Fal étoit passé dans la matinée: j'admirai sa retenuë; ma trop simple tante m'avoüa, qu'il n'avoit pas tenu à elle qu'il n'entrât dans ma chambre; mais, qu'il s'en étoit défendu dans la crainte de troubler mon repos. L'on voit peu d'hommes aussi sages, & le Marquis m'a avoüé dans les suites qu'il n'auroit pas été si retenu.

Je pris cette occasion pour repréprésenter doucement à ma tante, qu'il n'étoit pas séant qu'elle laissât jamais entrer personne lorsque j'étois couchée : comme elle n'y entendoit point de finesse, je ne lui en dis pas davantage; elle me promit qu'une autre fois cela ne lui arriveroit plus.

J'allois me mettre à table, lorsque le Marquis se presenta ; jamais il n'avoit paru si aimable à mes yeux ; sa parure étoit du dernier goût; & l'air de satisfaction, qui regnoit sur son visage, lui donnoit un air triomphant, qui ajoûtoit des graces dont il étoit bien difficile de se défendre. Sa conversation fut vive, polie, & interessante ; je lui fis l'aveu, autant de fois qu'il voulut, du retour qu'il trouvoit en moi. Que les momens qu'on passe avec ce qu'on aime sont courts & précieux ! il étoit plus de quatre heures, que nous avions encore mille choses à nous

 dire,

dire, & le cœur entroit si pleinement dans notre entretien, que sans Barbe, qui me fit souvenir que je n'avois pas dîné, j'aurois passé le reste du jour sans faire cette attention. Le Marquis me demanda mille pardons d'en être la cause innocente: je lui demandai en souriant, s'il vouloit hazarder ma soupe telle qu'elle étoit; il en fut transporté, & me fit autant de remercîmens, que si je lui eusse accordé la plus grande faveur. Barbe, que je ne rougis pas d'appeller ma tante, reçut l'ordre de nous servir, avec empressement; nous nous mîmes à table, l'on peut imaginer si l'amour nous servit de tiers; après le repas, nous nous rendîmes un compte mutuel de tout ce qui nous étoit arrivé depuis notre séparation; Faits & Réflexions, rien ne fut oublié; il n'y eut pas jusqu'à l'histoire de Sainte-Agnés, que je rapportai au Marquis, & l'intérêt

térêt que je prenois à ce qui regardoit cette chere amie : mon Amant me promit, qu'en cette consideration, il employeroit tout son crédit pour la faire relever de ses vœux, & regretta beaucoup de ce que je n'avois pas les Lettres qui m'avoient été confiées, en m'assurant qu'il auroit envoyé exprès du Bois à M...... pour les remettre en main propre à leur adresse, & s'informer de ce qu'étoit devenu Melicourt ; j'appris au Marquis à qui je les avois remises, & lui rapportai à ce sujet l'Histoire de l'infortunée Lindamine, qui s'en étoit chargée ; il en avoit déja entendu parler, & m'en dit beaucoup de bien.

La conversation tomba insensiblement sur le sujet de Saint-Fal ; si l'on doit juger de l'amour par la jalousie, je n'eus aucun lieu de me plaindre de la vivacité de sa passion ; il me fit mille questions au ſujet de celle de ſon Couſin ; je le ſatisfis avec ſincerité ; je démêlai que ce détail le peinoit ; mais, je remarquai cependant avec plaiſir, qu'il rendoit juſtice à St. Fal ; juſqu'au point de me dire, que ſon Couſin étoit d'une ſi grande probité, que quoiqu'il le connût pour ſon rival, & que ſon penchant fût d'être un peu jaloux, il n'héſiteroit jamais à me remettre entre ſes mains, ſi le bien de mes affaires l'exigeoit : je lui répondis en badinant, que ma façon de penſer étoit une Gouvernante ſolide ; il reprit ſur le même ton qu'il n'en doutoit pas ; mais, qu'il faiſoit encore plus de fond ſur l'amour qu'il ſe flattoit que j'avois pour lui. Je me reſſouviens que je le regardai ſi tendrement alors, que mon air lui donna lieu de penſer, que la modeſtie de mon ſexe lui cachoit une partie de ce qui ſe paſſoit dans mon cœur.

Le

Le trouble que je vis alors dans ses yeux me faisant craindre que les miens ne m'eussent trahi, & qu'il ne se ressouvint que j'étois seule avec lui, j'imaginai de distraire son imagination, en lui demandant s'il lui seroit aussi aisé de me rendre compte de sa conduite que moi de la mienne. Que pourrois-je vous rapporter, me dit le Marquis? Beaucoup d'impatience & de mauvaises humeurs, bien des copies de Lettres écrites à ma belle Jeannette, qui par prudence n'ont jamais été renduës. Prenés garde, repris-je en le regardant fixement, à ce que vous m'allés dire: il m'est cependant revenu, qu'une belle du Pont-à-Mousson ne vous étoit pas indifferente; que vous vous y amusiés beaucoup, & qu'une autre Dame.... Eh! mon Dieu, interrompit en riant le Marquis, qui peut vous avoir fait de pareils contes? Il n'y a que du

Bois, qui ſoit capable de telles étourderies ; il vous aura ſans doute rompu la tête de quelques avantures arrivées dans ce païs ; & comme elles y ſont aſſés frequentes, il ſe ſera diverti à m'y faire entrer pour quelque choſe, curieux peut-être de démêler ſi vous m'eſtimiés aſſés pour que cela vous fît impreſſion... C'eſt donner un tour charmant à la choſe, m'écriai-je en riant ; & la maniere, dont vous me préparés à ce qu'il vous plaira de me dire, me fait prévoir .... Ah ! belle Jeannette, reprit vivement le Marquis, ne badinés pas ſur cet article : pouvés-vous imaginer, que lorſque vous occupés le cœur d'un homme auſſi délicat que moi, que d'autres objets s'y puiſſent placer ? Je vous crois, Monſieur, repliquai-je ; mais, je ne vous diſpenſe point de me faire le détail de votre ſéjour en Lorraine. Je le preſſai très-

très-fort sur cet article. Quelqu'amour-propre qu'on ait naturellement, je me défiois de mes charmes, ou peut-être étois-je bien aise de recevoir une nouvelle confirmation de sentimens qui m'étoient si chers: quoi qu'il en soit, mon Amant, me voyant obstinée à sçavoir ce recit, crut devoir me satisfaire, & commença en ces termes.

Le détail de mes Avantures, belle Jeannette, ne sera pas long: une profonde mélancolie s'est emparée de moi dès que j'ai été en Lorraine; à peine sortois-je de ma chambre pour aller à la Messe; du Bois, me voyant fondre à vûë d'œil, crut devoir m'engager à prendre l'air & à voir compagnie: me trouvant peu disposé à suivre ses avis, & remarquant que j'empirois de jour en jour, il eut recours à un Médecin très-connu dans la Ville où nous étions, &

le pria de venir chés moi; il me prépara à sa visite, en me disant que j'étois le maître de m'enterrer si je voulois; mais, que je ne pouvois empêcher qu'on ne me tînt compagnie, & qu'on viendroit chés moi, quoique, selon l'usage établi, je dusse prévenir ceux qui me feroient cette grace.

La crainte que j'eus, que mon Valet de chambre ne m'eût fait manquer de politesse en allant peut-être inviter quelqu'un de ma part à me rendre visite, fit que je le grondai très-fort : la Noblesse de ce païs est très-bonne; mais, elle a de la hauteur, j'aurois été bien fâché de lui manquer par toutes sortes de raisons: du Bois me tranquilisa, en m'assurant, qu'il n'avoit pas crû pécher, en priant un Médecin de passer chés moi. Dans le même instant on m'annonça celui dont il étoit question: il entra cavalierement; mais, je ne m'attendois

dois pas à en trouver un aussi gaillard; on le nommoit Monsieur le Lorrain, nom très-convenable, pour ne lui pas laisser oublier le païs de sa naissance. Au lieu de me parler de médecine, cet homme charmant commença par me dire qu'il étoit question de se réjoüir, que je n'étois pas fait pour garder la chambre; que le beau tems engageoit à prendre l'air, & que sa premiere ordonnance étoit d'aller me promener le même jour à une maisonnette qu'il avoit à un quart de lieuë; qu'il s'y trouvoit ordinairement bonne compagnie, & que le bon vin & les jolies femmes étoient des remedes puissans pour la mélancolie; à chaque phrase un sourire amusant, & une langue passée sur les lévres, servoient de points & de virgules; enfin, belle Jeannette, je n'ai vû de ma vie un Médecin de si bonne humeur. Je le goûtai si fort, & son

air

air de franchiſe me plut tant, que je le retins à dîner ; il ne ceſſa pendant le repas de me dire les plus jolies choſes du monde : ſur la fin du jour, nous fûmes à ſa campagne, nous y rencontrâmes bonne compagnie, & je ne trouvai point aux Dames de ce païs cet air provincial dont on les accuſe ; elles ſe mettent avec beaucoup de goût, ne parlent pas auſſi purement qu'à Paris ; mais, en verité, je ne puis m'empêcher de convenir qu'elles ont tout autant d'uſage du monde & de politeſſe que nos Pariſiennes.

Mon Médecin vint me voir le lendemain à mon dîner, ſans ſortir de ſon caractere badin ; il m'ordonna des remedes, & pour la premiere fois de ma vie j'eus la complaiſance de les prendre ; je m'en trouvai à merveille, & je ne me ſuis jamais ſi bien porté : il ſeroit à ſouhaiter, que tous nos Doc-

Docteurs reſſemblaſſent à celui-ci : outre qu'il eſt très-habile, il donne de la confiance ; & ce n'eſt pas la plus mauvaiſe façon de débuter auprès d'un malade.

Il n'y a que le premier pas qui coute dans toutes les choſes de la vie ; quoique je conſervaſſe un fond de mélancolie, occaſionnée par votre abſence, belle Jeannette, je ne laiſſai pas de prendre un certain goût à voir compagnie ; mais, ce qui acheva de m'attirer dans une maiſon de ce païs avec beaucoup d'aſſiduité, fut votre reſſemblance que je trouvai dans l'aînée des filles de Madame la Comteſſe de Charée ; au caractere & à la grandeur près, je croyois vous voir toutes les fois que j'avois l'honneur d'être auprès d'elle. Les ſœurs de cette Demoiſelle ont un merite infini. Mademoiſelle de de Charée la cadette eſt remplie de graces, Monſieur ſon frere, un des aimables Cavaliers que je connoiſſe ; la mere de cette aimable famille ajoûte à une grande décence un caractere adorable pour les façons : jugés ſi je me plaiſois dans une auſſi gracieuſe maiſon ; j'y allois auſſi fort ſouvent ; il y venoit un monde choiſi ; j'y voyois avec plaiſir Monſieur le Comte de la Meſan ; Mademoiſelle de Salé ſa niéce y augmentoit le nombre des jolies perſonnes, & ſe diſtingue autant par ſon eſprit que par ſes graces.

Mes amis les plus familiers ont été juſqu'au jour de mon départ Meſſieurs de Gombervault, d'Atel, & Deſlandres : j'étois fort intime d'un nommé de Saint-Val, qui a de très-bonnes qualités ; mais, notre liaiſon s'eſt refroidie pour

pour des ſoupçons mal fondés, & qui s'eſt rompuë depuis pour des applications faites auſſi mal à propos que mal entenduës. Le Quinze étoit notre jeu favori, le Lanſquenet ſuccedoit ſouvent; j'y jouois aſſés malheureuſement auſſi-bien que le Baron d'Atel; mais, je m'en conſolois par le plaiſir de perdre en ſi bonne compagnie.

Voilà, belle Jeannette, continua le Marquis, quelle eſt la vie que j'ai menée au Pont-à-Mouſſon pendant le ſéjour que j'y ai fait: la lecture & la chaſſe rempliſſoient les vuides que le hazard faiſoit trouver; mais, quels qu'ayent été mes amuſemens, je n'ai jamais perdu votre idée de vûë.

Mon Amant me fit ce petit détail avec tant de franchiſe, que le ſoupçon ne m'agita plus ſur ſa fidelité. Nous entrâmes enſuite dans ce qui regardoit mes affaires: je ne pûs m'empêcher de lui faire connoître

noître combien je ſouffrois d'être à charge à Monſieur de Saint-Fal ; ajoûtant, que je ne pouvois me reſoudre à vivre, ni à ſes dépens, ni à ceux de perſonne ; que mon parti étoit pris ſur cet article ; & que, quelque dégoût que j'euſſe pour le Cloître, je voulois abſolument m'y réfugier, comme dans un aſile aſſuré contre les occaſions ; que je me défiois de moi-même ; que le monde ne me déplaiſoit pas, & que c'en étoit trop pour oſer riſquer d'y vivre ſur le pied que je m'y trouvois.

Le Marquis m'écouta juſqu'au bout ſans m'interrompre ; il ſe mit à rêver : je continuai à lui faire de vives repréſentations ſur les dangers auxquels j'étois expoſée ; & pour lui prouver, que mes plaintes étoient légitimes, je lui contai confidemment la viſite que ce Duc avoit voulu me fai-

faire, les diſcours de Madame de Geneval, & le mauvais compliment que j'en avois reçû le même jour. Mon Amant parut ſenſible à toutes ces choſes, & encore plus aux riſques que je lui dépeignois ſi naturellement: il me répondit, qu'il me rendroit le lendemain réponſe ſur ces réflexions, & qu'il eſperoit trouver un milieu qui ſeroit de mon goût; en me proteſtant, qu'il avoit trop d'intérêt lui-même à conſerver ma réputation pour ne pas entrer dans mes vûës légitimes. Après avoir conferé ſur ce ſujet encore quelque tems, il ſe retira, en m'aſſurant qu'il alloit travailler à me donner de la tranquilité, juſqu'à ce qu'il fût aſſés heureux pour me prouver que rien dans le monde ne lui étoit plus cher que moi.

Je me trouvai bien conſolée de

de ces derniers témoignages de la tendresse de mon Amant: ma confiance étoit extrême; &, malgré bien des obstacles, dont le premier étoit que je ne devois pas me flatter d'être la femme d'un mari si illustre, je ne pouvois m'empêcher de me repaître de cette agréable chimere; tout ce qu'on desire paroît possible: en faisant plusieurs Réflexions à ce sujet, je me souvins des Lettres que j'avois écrites au Marquis & a Saint Fal: je voulus les relire; mais, je ne les trouvai plus; j'en fus inquiete un moment; je les cherchai par-tout vainement; personne n'étoit entré dans mon apartement que ceux à qui elles étoient adressées; je ne pus douter qu'ils ne m'eussent fait ce larcin, & tout consideré je ne m'en affligeai point.

Ces

Ces Lettres, ſur-tout celle que j'écrivois au Marquis, dépeignoient naturellement mon averſion pour ma ſituation preſente, & mon éloignement pour tout ce qui s'appelloit ſecours étranger: j'imaginai, que cela ne contribueroit pas peu à diſpoſer le Marquis à prendre ſoin de moi ſans que j'y donnaſſe lieu; mille petites idées ſecretes me faiſoient deſirer que ce fût de lui dont je dépendiſſe: il me ſembloit, que j'étois par-là à couvert de ma propre délicateſſe; il m'avoit aſſuré que je ſerois ſa femme; je croyois que cela devoit me ſuffire pour me juſtifier; c'étoit beaucoup pour moi, qui ſouffrois beaucoup des murmures interieurs d'une conſcience que la moindre choſe effrayoit.

Le lendemain, le Marquis m'écrivit, qu'il ne me verroit de deux jours;

jours; qu'il étoit obligé de ſuivre ſon pere, qui alloit à Paris pour des affaires qui ne pouvoient ſe remettre ; qu'il en avoit lui-même de particulieres, qu'il n'étoit point fâché de terminer avant que de me revoir ; qu'il me demandoit en grace de ne point m'impatienter ; & qu'il eſperoit qu'à ſon retour je n'aurois point lieu de me repentir de la confiance que je lui avois marquée.

Fin de la ſeptiéme Partie.

www.ingramcontent.com/pod-product-compliance
Ingram Content Group UK Ltd.
Pitfield, Milton Keynes, MK11 3LW, UK
UKHW020332180726
13839UKWH00002B/674

9 782329 564173